Analyse de l'œuvre

Par Baptiste Frankinet et René Henri

Bel-Ami

de Maupassant

lePetitLittéraire.fr

Rendez-vous sur lepetitlitteraire.fr et découvrez :

Plus de 1200 analyses
Claires et synthétiques
Téléchargeables en 30 secondes
À imprimer chez soi

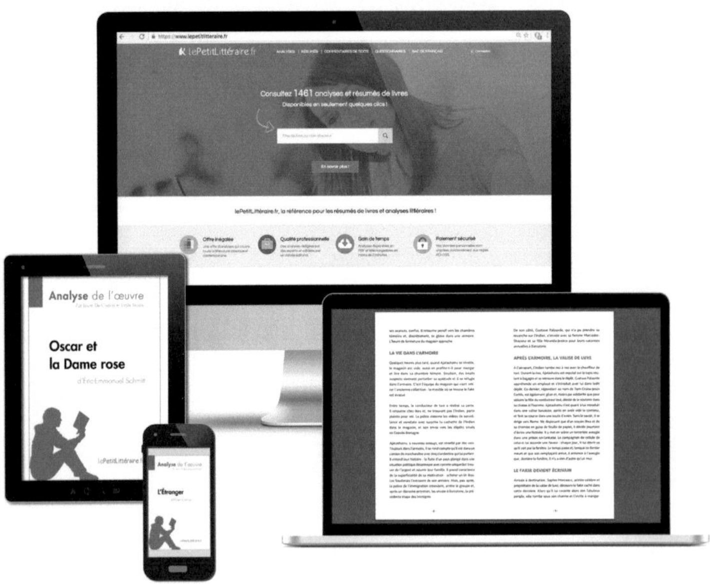

GUY DE MAUPASSANT

ROMANCIER ET NOUVELLISTE FRANÇAIS

- **Né en 1850 à Tourville-sur-Arques (Normandie)**
- **Décédé en 1893 à Paris**
- **Quelques-unes de ses œuvres :**
  - *Boule de suif* (1880), nouvelle
  - *Les Contes de la bécasse* (1883), recueil de nouvelles
  - *Bel-Ami* (1885), roman

Né en 1850, Guy de Maupassant est un écrivain français, auteur de six romans et de près de trois-cents nouvelles. Il passe sa jeunesse en Normandie, où il commence des études de droit. En 1870, il s'engage comme volontaire dans la guerre franco-prussienne, puis s'installe à Paris où il travaille comme fonctionnaire. Gustave Flaubert, qui est un ami de sa mère, le prend sous sa protection et l'introduit dans les milieux littéraires. Il fréquente alors les écrivains réalistes et naturalistes, dont Émile Zola. De 1880 à 1890, il écrit des romans (*Une vie*, *Bel-Ami*) et de nombreuses nouvelles réalistes (*Boule de suif*, *La Maison Tellier*, etc.) ou fantastiques (*Le Horla*, *La Peur*, etc.) dans lesquelles il rend compte de sa vision pessimiste de la société. Il sombre dans la folie en 1890 et meurt en 1893.

BEL-AMI

UNE PEINTURE DE LA SOCIÉTÉ

- **Genre :** roman réaliste
- **Édition de référence :** Bel-Ami, Paris, Larousse, coll. « Petits Classiques », 2008, 398 p.
- **1re édition :** 1885
- **Thématiques :** femmes, amour, journalisme, ascension sociale, colonialisme

Roman réaliste publié en 1885, *Bel-Ami* retrace l'ascension sociale d'un provincial débarqué à Paris, Georges Duroy. Maupassant en profite pour dépeindre la société dans laquelle il vit et pour égratigner la politique coloniale, l'influence des femmes sur l'univers professionnel et surtout le monde de la presse. À travers son héros, l'auteur fait part de sa propre expérience et, par moment, Georges Duroy passe pour la transposition littéraire de Maupassant.

De nombreux réalisateurs et scénaristes ont été séduits par le réalisme de l'histoire et ont contribué, avec leurs adaptations, à faire du roman un succès intergénérationnel.

RÉSUMÉ

PREMIÈRE PARTIE – D'UNE VIE MÉDIOCRE À UNE SITUATION CONFORTABLE

Georges Duroy, un ancien soldat vivant à Paris, est mu par une immense envie de réussir dans le monde. La chance le fait rencontrer un ancien camarade de régiment : Charles Forestier. Ce dernier connait une belle réussite sociale, puisqu'il est rédacteur politique à *La Vie française*. Il conseille vivement à son ami de suivre sa propre voie et lui propose un coup de pouce : une invitation à un diner chez lui.

Ce diner réunit M. et Mme Forestier, Mme de Marelle, une amie du couple, et sa fille, ainsi que M. Walter, le patron de *La Vie française*, et son épouse. Les trois femmes ne cessent d'admirer l'esprit de Duroy, et M. Walter lui propose de le prendre comme commis et comme rédacteur d'une petite chronique dans laquelle il devra raconter ses souvenirs de guerre. Mais, très vite, Duroy constate combien il est dépourvu face à ce genre d'exercice qu'il n'a jamais pratiqué. Il demande alors l'aide de son ami Forestier qui le confie à sa femme, elle-même experte dans l'art d'écrire des chroniques. Dès le lendemain, Duroy connait la joie de lire son article. Peu à peu, il se familiarise avec les travaux quotidiens du journal, mais il ne progresse nullement dans l'art d'écrire et se voit contraint d'abandonner sa chronique.

Sur les conseils de Mme Forestier, Duroy se rend régulièrement chez Mme de Marelle. Bientôt, il se met à lui faire la cour, bien qu'elle soit mariée. Elle cède à celui qu'elle nomme

Bel-Ami et devient sa maitresse. Cependant, Duroy est ainsi contraint de mener un plus grand train de vie que celui qu'il peut se permettre. Il multiplie les dettes et les emprunts, puis est obligé d'accepter, la mort dans l'âme, les cadeaux financiers de Mme de Marelle, beaucoup plus riche que lui. Un jour cependant, elle apprend qu'il continue à courtiser d'autres femmes et décide de le quitter sur-le-champ.

Duroy en profite alors pour faire la cour à Mme Forestier. Elle le repousse et lui conseille de rendre visite à Mme Walter. Il suit son conseil, et fait montre de son flair et de sa malice devant un groupe d'invités présents là-bas. Dès le lende-main, il se voit confier un poste plus important, avec un meilleur salaire, et est convié à tous les repas organisés par la famille Walter. Désormais, Duroy est au même niveau social que Forestier. Celui-ci, par ailleurs, souffre d'une toux qui l'oblige à quitter Paris pour Cannes.

La position de rédacteur mondain que Duroy a acquise grâce à son pouvoir de séduction ne lui vaut toutefois pas unique-ment des amis. Il se voit durement critiqué par un anonyme dans un périodique concurrent. Découvrant l'identité de ce dernier, il le provoque en duel. La chance aidant, les pistolets utilisés lors de ce duel n'atteignent aucun des deux ennemis. Duroy en ressort avec une aura augmentée qui lui offre une position bien plus belle encore au sein du journal.

Dans les jours qui suivent, Madeleine Forestier écrit à Bel-Ami que les jours de son mari sont comptés. Duroy se précipite alors au chevet de son ami et doit constater quelques jours plus tard son décès. Lors de la veillée du corps, il s'enhardit et avoue une seconde fois son amour à

Madeleine. Elle lui demande de patienter.

DEUXIÈME PARTIE –
VERS LA CONSÉCRATION SOCIALE

Madeleine épouse Bel-Ami, non sans l'avoir encouragé à se faire passer pour un noble de province : du Roy de Cantel. Elle insiste d'ailleurs pour qu'ils rendent visite aux parents de son époux. Un énorme fossé sépare cependant Madeleine de la famille de Duroy. Ce clivage constitue une première difficulté, puis d'autres problèmes surgissent : Bel-Ami remplace Forestier dans ses fonctions et la comparaison devient difficile à supporter. De plus, l'entourage du couple Forestier – le comte de Vaudrec, Laroche-Mathieu, etc. – s'invite chez les époux comme si rien n'avait changé.

Pour ces raisons, et surtout parce que Madeleine reste silencieuse face à ses ennuis, il se détourne de son épouse et reprend ses rendez-vous avec Mme de Marelle. En outre, il séduit Mme Walter. Celle-ci cède, non sans éprouver de nombreux remords.

Au journal, une campagne de presse organisée par Madeleine et Duroy fait tomber le ministère des Affaires étrangères. Grâce à cela, Laroche-Mathieu devient ministre et le quotidien devient dès lors l'outil de communication principal du ministère des Affaires étrangères. Désormais, *La Vie française* n'est plus un journal de seconde zone, mais une référence dans le monde de la presse. Bel-Ami en profite pour reprendre sa chronique.

Cependant, le ministre trompe volontairement Duroy pour

son propre intérêt. Il laisse entendre dans la presse que la France se désintéresse du Maroc et laisse à l'Espagne la mainmise sur le pays. Pourtant, il ordonne peu après d'envahir militairement le Maroc. Or, puisque l'opinion publique ignorait l'affaire, les taux des emprunts marocains n'ont pas augmenté. De leur côté, Laroche-Mathieu et d'autres en ont profité pour racheter à bas prix certaines parts de cet emprunt, avant qu'elles ne soient rachetées par la France au prix fort. Le ministre, Walter et d'autres, mis dans la confidence, s'enrichissent alors sur le dos de Duroy. Mme Walter, sous le charme de Bel-Ami, lui révèle l'affaire et lui propose d'acheter une part de l'emprunt. Celui-ci accepte, mais il est déjà déçu de la relation mièvre qu'il entretient avec la femme de son patron. Il la délaisse ouvertement.

Peu après, le comte de Vaudrec, un ami cher à Madeleine, est au plus mal. Il va mourir et lègue l'ensemble de sa fortune à son amie. Vexé parce qu'il est exclu du testament, Duroy réclame la moitié de l'héritage pour ne pas avoir à supporter la honte de passer pour un mari trompé. Duroy et Madeleine sont désormais à la tête d'une fortune de quelques millions.

Toutefois, cela ne suffit pas à Bel-Ami. Son patron a gagné près de 50 millions dans l'affaire du Maroc et est devenu l'un des maitres du monde. Mme Walter tente tant bien que mal d'en faire profiter Bel-Ami, mais il se détache ostensiblement d'elle. Seule Suzanne, la fille cadette du couple Walter, l'intéresse. Lors d'un repas mondain organisé dans la nouvelle demeure des Walter, Bel-Ami constate l'attachement que Laroche-Mathieu porte à Madeleine. Il décide de profiter de la situation indélicate dans laquelle le place sa femme infidèle.

Quelques jours plus tard, Duroy fait prendre Laroche-Mathieu et Madeleine en flagrant délit d'adultère. Ce constat le pousse à demander le divorce. La presse s'empare alors de l'affaire et fait tomber le ministre. Le journal, loin de vouloir s'enterrer avec ce dernier, préfère l'enfoncer et en ressort grandi.

Les mois qui suivent assurent la réussite complète de Duroy : il parvient à convaincre Suzanne de l'épouser et, pour que les parents de la jeune femme acceptent la noce, il l'enlève. Piégé, Walter donne son accord, même si son épouse s'emmure dans une espèce de folie en voyant son ancien amant devenir l'époux de sa fille.

La consécration de la carrière de Bel-Ami arrive avec son mariage. L'église de la Madeleine est pleine à craquer pour ses noces, comme s'il s'agissait de celles d'un roi. C'est l'apothéose de son ascension.

ÉTUDE DES PERSONNAGES

LES PERSONNAGES MASCULINS

Georges Duroy/Bel-Ami

Georges Duroy apparait au départ comme un personnage commun. Toutefois, son caractère est marqué par une incroyable ambition : il veut être riche et puissant ; il veut être celui qui surpasse tout le monde par sa réussite.

Tout au long du roman, le héros suit un parcours progressif. Hormis la première phase, qu'il franchit avec l'aide de Forestier, chacune des étapes de son ascension est accomplie par l'entremise d'une femme : Madeleine, Mme Walter, puis Suzanne Walter. Curieusement, Bel-Ami peut compter sur le charme qu'il opère auprès des femmes. Mais ces victoires, trop aisément conquises, ne peuvent suffire seules à sa réussite. Duroy a l'intelligence de ne pas chercher à briller trop vite. Même si sa carrière s'envole, il prend le temps de maitriser chaque tâche qui lui est confiée. Il devient ainsi un professionnel de l'écriture, son flair se fait de plus en plus pointu et son caractère se durcit progressivement. Aussi sa réussite doit-elle également beaucoup à sa connaissance du milieu social, moral et politique dans lequel il évolue peu à peu. C'est le type même de l'opportuniste.

D'aucuns ont voulu voir Guy de Maupassant dans le personnage de Georges Duroy. Il est vrai qu'à l'occasion la similitude est grande : même physique, même parcours, même détermination à réussir. Peut-être Maupassant raconte-t-il finalement sa propre histoire à travers celle de son héros.

Charles Forestier

Dans les premiers chapitres, Forestier passe pour quelqu'un qui a réussi : il a un excellent emploi, une belle femme et mène une vie mondaine. Pour Duroy, il représente le modèle à suivre, la force tranquille à qui tout réussit facilement.

Cependant, Forestier n'a pas un caractère aussi fort que celui de Bel-Ami. Le lecteur constate qu'il possède de nombreuses limites : il est une marionnette manipulée par sa femme, à qui il doit toute sa réussite ; il souffre d'une santé fragile ; la peur de la mort l'obsède, jusque dans ses derniers instants.

Au fil de l'histoire, Forestier n'endosse plus le rôle de modèle, mais il devient l'égal de Duroy. Après sa mort, lorsque Duroy prend sa place au sein de son ménage, il devient l'homme détesté, celui qu'on a surpassé et que l'on dévalorise désormais.

Laroche-Mathieu

Politicien sans consistance, Laroche-Mathieu est uniquement guidé par l'appât du gain. Au fond, Laroche-Mathieu n'est pas le garant de son propre succès ; il réussit parce que d'autres personnes y contribuent : Walter en fait son alter ego en politique, et Madeleine lui organise sa campagne de promotion. Malheureusement pour lui, il ne parvient pas à éviter les pièges et tombe face à plus fort que lui. Il ne survit pas au scandale provoqué par l'aveu d'adultère.

M. Walter

Riche, assoiffé de puissance, de pouvoir et d'argent facilement gagné, M. Walter a créé le journal pour soutenir ses actions en bourse et ne cherche pas à en faire un organe de presse reconnu. Cependant, alors qu'il exploite tout le monde, il oblige Duroy à défendre l'honneur au péril de sa vie. C'est un personnage manipulateur qui cherche à duper tout le monde. Lorsqu'il est ensuite roulé par plus fort que lui, il reconnait sa défaite en accordant la main de sa fille à Bel-Ami.

DES PERSONNAGES FÉMININS

Clotilde de Marelle

Première victoire sentimentale et mondaine de Duroy, Clotidle de Marelle reste pour ce dernier un soutien permanent et l'objet d'un désir récurrent, même après les deux mariages de Bel-Ami. Cet attachement qu'il garde à son égard est sans aucun doute lié au fait qu'il n'ait pas dû la séduire en vue d'obtenir une promotion socioprofessionnelle.

Madeleine Forestier-Duroy

Femme attirante, quoique mystérieuse, Madeleine ne dévoile rien de ses origines. On admire son flegme et son calme, qui lui permettent de traverser toutes les situations, même les plus embarrassantes. Elle gère sa vie en homme d'affaires et ne se donne à un homme que lorsqu'elle est certaine d'y gagner en retour : Forestier lui sert ainsi de portevoix ; Duroy reprend le rôle de ce dernier ; le comte de Vaudrec lui assure une dot et une aisance financière ;

Laroche-Mathieu lui assure la présence du beau monde dans son salon. Elle est l'image même de la femme moderne qui dirige sa vie elle-même, qui utilise les hommes à son avantage, bien souvent malgré eux, et qui place la liberté au-dessus de n'importe quelle autre valeur, et surtout au-dessus de la fidélité.

Mme Walter

Au début du roman, Mme Walter incarne la femme honnête et fidèle à son mari, même si elle ne l'aime pas. Elle est bien loin d'avoir jamais vécu une histoire d'amour. Ensuite, lorsque Bel-Ami débarque dans sa vie, elle remet en cause tous ses principes et consent à se donner à lui. Mais ce don ne se fait pas sans efforts puisqu'elle reste tiraillée entre raison et passion.

Naïve dans ses relations amoureuses, elle sait cependant se montrer rusée en affaires, et comprend bien les situations politiques et économiques. Elle fait d'ailleurs profiter Bel-Ami de son intelligence.

Lorsque celui-ci la délaisse, elle est meurtrie, et adopte une attitude pieuse et repentie. À l'annonce du remariage de Duroy, elle souffre de la situation dans laquelle elle se trouve. Elle en vient presque à haïr sa fille d'être préférée par son ancien amant. Sa passion, devenue incontrôlable, se transforme alors en démence.

Suzanne Walter

Suzanne est, à l'image de sa mère, une fille naïve. Elle a été éduquée dans un milieu bourgeois qui ne l'a pas préparée aux pièges de la vie réelle. Ses rêveries, ainsi que les idées qu'elle se fait de l'amour, l'aveuglent et l'empêchent de réagir avec discernement. Son cœur est vierge et pur. Elle se laisse emporter par les promesses de Bel-Ami et agit avec toute l'obstination de sa jeunesse.

Aux yeux de Bel-Ami, même s'il lui trouve certains charmes, elle ne représente qu'un enjeu. Elle est son passeport pour une vie enviée de tous.

CLÉS DE LECTURE

LA RÉUSSITE SOCIALE

La recherche d'une certaine réussite sociale est le moteur de l'intrigue et constitue donc ce qui dirige la plupart des personnages, car tous veulent réussir. Symptomatique de la société de Maupassant, cette recherche inlassable d'une « meilleure » situation est visible tout au long du roman. Pour être considéré comme quelqu'un d'important, il semble en effet qu'il faille faire partie de l'aristocratie ou de la bourgeoisie. Or pour se faire remarquer dans ces milieux, il faut disposer d'un certain train de vie et donc d'argent.

L'argent semble en effet diriger le monde, et être détenteur d'une petite fortune permet d'ouvrir de très nombreuses portes. Voilà une chose que Georges Duroy a bien comprise ! C'est donc tout d'abord avec beaucoup d'avidité que celui que l'on nommera bientôt Bel-Ami, alors sans le sou, observe de loin ces milieux :

> « Et il regardait tous ces hommes attablés et buvant, tous ces hommes qui pouvaient se désaltérer tant qu'il leur plaisait. Il allait, passant devant les cafés d'un air crâne et gaillard, et il jugeait d'un coup d'œil, à la mine, à l'habit, ce que chaque consommateur devait porter d'argent sur lui. Et une colère l'envahissait contre ces gens assis et tranquilles. » (p. 407-410)

Son ambition de devenir un jour quelqu'un de riche le conduit à mener une quête inassouvissable. Alors qu'il est engagé, grâce à Charles Forestier, à *La Vie française* et que sa condition s'améliore, il reste insatisfait et cherchera, tout au long du roman, à gagner plus. Et même lorsqu'il sera l'heureux détenteur de plusieurs millions, cela ne lui suffira pas, car son patron est à la tête d'une fortune encore plus colossale qu'il convoite.

À mesure que son portefeuille se remplit, son aura grandit auprès des femmes de la bonne société qui lui permettent d'atteindre un nouvel échelon de la société parisienne. L'argent constitue donc un véritable pouvoir grâce auquel il espère parvenir à ses fins.

LES FEMMES ET L'AMOUR

Les femmes ne jouent pas ici le rôle d'épouses parfaites ou de maitresses idéalisées comme c'est le cas dans la plupart des romans des générations antérieures. Elles ont un rôle neuf et bien particulier : celui de permettre l'avancée sociale. Suivant ce principe, Bel-Ami n'a pas le temps d'aimer une femme puisque chaque relation lui permet de franchir une étape et l'encourage à passer à l'étape – et donc à la femme – suivante.

Mais, si les femmes permettent la réussite, cela n'empêche pas qu'elles-mêmes pratiquent l'adultère. Elles trompent leur mari avec ou sans leur consentement. Et cette règle touche tous les personnages féminins : Clotilde et Madeleine, plus libérées, mais aussi, et surtout, Mme Walter, pourtant bourgeoise et chrétienne. L'amour n'est pas possible entre les êtres puisqu'ils vivent côte à côte tout en se mentant et en s'ignorant tout à fait.

De même, le mariage n'est pas vu comme un acte d'amour, loin de là. Il s'agit, selon les dires de Madeleine, d'une « association » qui réclame avant tout une liberté totale au sein de la relation matrimoniale (p. 175). Aussi, à la fin du roman, le mariage est-il, pour Duroy, une consécration personnelle.

Bref, les femmes, pour Bel-Ami, sont de deux types : soit elles sont des éducatrices libres qui lui permettent de prendre de l'aplomb et de se former au monde, comme Madeleine et Clotilde ; soit elles sont simplement des tremplins vers une réussite sociale, à l'image des femmes Walter.

UNE SATIRE DE LA PRESSE

En faisant de son personnage principal un journaliste, Guy de Maupassant se donne l'opportunité de dévoiler les dessous d'un univers qu'il connait bien : celui de la presse. Tout comme Georges Duroy, Maupassant a quitté son précédent emploi pour entrer dans le journalisme, pensant pouvoir s'enrichir rapidement. L'auteur a ainsi contribué à de nombreux journaux, dont *Le Gaulois*, *Le Figaro* et *Gil Blas*. On peut d'ailleurs trouver quelques ressemblances entre ce dernier journal et *La Vie française.*

À l'instar d'Auguste Dumont (directeur du *Gil Blas*, 1816-1885), M. Walter dirige son journal à la manière d'une entreprise. Il cherche à tout prix à s'enrichir et compte, pour ce faire, sur les intrigues politiques et autres faits divers développés dans les échos. Conscient de cela et désireux de grimper les échelons de la société, Georges Duroy trouve, grâce à Madeleine, une manière de tenir en haleine les lecteurs :

Il n'hésite donc pas à manipuler la vérité ou à s'appuyer sur des sources douteuses afin de vendre plus d'exemplaires. Cette manière de faire lui donne en outre un pouvoir non négligeable, la presse pouvant faire et défaire la réputation de personnalités importantes, comme ce sera le cas du ministre Laroche-Mathieu qui tombera lorsque sa liaison avec Madeleine sera révélée au grand jour.

Cette vision acerbe d'une presse corrompue ne sera pas sans conséquence. Dès la publication du livre, Maupassant fait l'objet de virulentes critiques de la part du milieu journalistique au point qu'il doive s'en défendre, arguant qu'il n'avait aucune envie de dépeindre l'ensemble du monde de la presse sous les traits du journal *La Vie française* et qu'il ne ciblait là qu'« une de ces feuilles interlopes, sorte d'agence d'une bande de tripoteurs politiques et d'écumeurs de bourses » (lettre publiée le 7 juin 1885 par Maupassant dans *Gil Blas* en vue de se défendre).

UN ROMAN ENTRE RÉALISME ET NATURALISME

À sa parution, le roman a été désigné comme un roman réaliste :

- en effet, Maupassant décrit un univers réel. L'argent, la politique et le journalisme sont des thèmes réalistes déjà abordés par Balzac (chef de file du réalisme en littérature, 1799-1850) ;
- les personnages, incarnant des passions et des vices, sont également vraisemblables grâce aux descriptions pointilleuses de l'auteur et à leurs caractères propres ;
- le roman s'inscrit dans un contexte clairement lié à une époque réelle, la IIIe République. L'affaire tunisienne, qui avait secoué le monde financier français en 1881, est d'ailleurs reprise trait pour trait dans l'affaire du Maroc présentée dans le roman.

Certains ont même été jusqu'à voir dans *Bel-Ami* un roman naturaliste. Il est vrai que l'ensemble des petits détails qui fixent le portrait du personnage, le grouillement de personnes dans un monde fait de profits, et surtout le choix d'un lieu précis comme point d'étude sont autant de similitudes avec le roman *L'Argent* de Zola (figure majeure du naturalisme, 1840-1902). Maupassant parle de choses qu'il connait pour les avoir vécues et qu'il peut décrire dans les moindres détails. Dans cette optique, il adopte bien une perspective naturaliste : Maupassant situe ses personnages dans un champ précis d'existence, celui de l'argent et de la presse, et observe leur évolution dans ce champ.

Mais, contrairement à Zola, Maupassant refuse de faire de son roman une étude scientifique globale. Il sélectionne ainsi certains milieux sociaux qu'il décrit en priorité : bourgeois, nobles, riches et parvenus. Le petit peuple est totalement exclu de son œuvre. De plus, le roman de Maupassant est dirigé par l'intrigue : la mort de Forestier laisse le champ libre à Duroy pour épouser Madeleine, mais il ne faut pas qu'il se marie religieusement pour pouvoir épouser Suzanne ensuite. Tout est construit pour tenir dans l'intrigue et non pour étudier les réactions possibles d'un personnage donné dans un milieu précis.

BON À SAVOIR : LE NATURALISME

Le naturalisme est un prolongement du réalisme. Les romanciers naturalistes entendent montrer que l'homme obéit à un double déterminisme : il est d'une part influencé par l'hérédité biologique, d'autre part par le milieu dans lequel il vit. Pour ce faire, les écrivains appliquent à leurs œuvres une méthode scientifique : après observation du réel, ils formulent une hypothèse et la vérifient par expérimentation. Ils placent alors un personnage déterminé dans une histoire bien précise et en dégagent la succession des faits qui obéit au double déterminisme cité ci-dessus. Cette démarche, voulue scientifique, doit mener à une meilleure connaissance de l'homme.

DES TRAITS AUTOBIOGRAPHIQUES

Maupassant dote son héros de quelques traits personnels : sa moustache, son gout pour les femmes et ses propres angoisses. Tous deux vivent des expériences communes et ont des parcours similaires. Pourtant, *Bel-Ami* est et reste une fiction ; ce n'est pas un roman autobiographique.

Pour rappel, l'autobiographie se définit comme « un récit introspectif en prose qu'une personne réelle fait de sa propre existence, lorsqu'elle met l'accent sur sa vie individuelle, en particulier sur l'histoire de sa personnalité » (définition de Lejeune P., 1975). Dans une autobiographie, il y a donc correspondance entre l'auteur, le narrateur et le personnage principal.

On peut retrouver dans *Bel-Ami* les prémices d'une idée développée plus tard par Proust (écrivain français, 1871-1922) dans ses romans : celle de réaliser la description d'un milieu mondain, et d'établir une curieuse similitude de traits entre le personnage principal et l'auteur. Proust se défendra d'avoir rédigé des romans autobiographiques, usant de la thèse présentant le narrateur ou le personnage principal comme un autre moi que l'auteur réel. On peut aisément imaginer que Maupassant ait procédé comme Proust pour *Bel-Ami*.

On trouve par ailleurs dans *Bel-Ami* une forte présence

d'autotextualité. Avec Georges Duroy, Maupassant réutilise le personnage du capitaine Épivent, paru dans *Gil Blas*. Il reprend également le thème des maris jaloux de leur ami mort (ici, Forestier) qu'il avait déjà présenté dans une nouvelle intitulée *Le Vengeur*.

PISTES DE RÉFLEXION

QUELQUES QUESTIONS POUR APPROFONDIR SA RÉFLEXION...

- Expliquez ce qui fait de ce roman un roman d'apprentissage. Georges Duroy peut-il être considéré comme un héros ? Justifiez votre réponse.
- Pourquoi, après la mort de Forestier, Bel-Ami n'éprouve-t-il plus que de la répulsion pour celui qui fut son ami ?
- Comment le milieu de la presse est-il représenté ? En quoi ce roman constitue-t-il une satire de la presse ?
- Comment Maupassant dépeint-il le monde bourgeois de son époque ? Pensez-vous qu'il cherche à émettre une critique de cet univers ?
- Ce roman peut-il être considéré comme un roman noir ?
- Selon vous, ce roman appartient-il davantage au courant réaliste ou au courant naturaliste ?
- Pensez-vous que l'on peut considérer *Bel-Ami* comme une autobiographie ?
- Ce roman a fait l'objet de multiples adaptations télévisées. À votre avis, pourquoi se prête-t-il si bien à l'écran ?

Votre avis nous intéresse !
Laissez un commentaire sur le site de votre librairie en ligne
et partagez vos coups de cœur sur les réseaux sociaux !

POUR ALLER PLUS LOIN

ÉDITION DE RÉFÉRENCE

- MAUPASSANT G. de, *Bel-Ami*, Paris, Larousse, 2008.

ÉTUDES DE RÉFÉRENCE

- BOTTEREL C. et DELAISEMENT G., *Bel-Ami de Guy de Maupassant*, Paris, Hatier, coll. « Profil d'une œuvre », 1999.
- VERBURGH C., *Bel-Ami de Guy de Maupassant. Analyse approfondie*, Bruxelles, Lemaitre Publishing, coll. « Profil littéraire », 2016.

ADAPTATIONS

Bel-Ami a fait l'objet de nombreuses adaptations cinématographiques et télévisées. Voici les plus célèbres :

- *The Private Affair Of Bel-Ami*, film d'Albert Lewin, avec George Sanders, Angela Lansbury et John Carradine, États-Unis, 1947.
- *Bel-Ami*, film de Louis Daquin, avec Jean Danet, Anne Vernon et Renée Faure, France, 1955.
- *Bel-Ami*, film de Philippe Triboit, avec Sagamore Stévenin, Florence Pernel et Laurent Bateau, France-Belgique, 2005.
- *Bel-Ami*, film de Declan Donnellan et Nick Ormerod, avec Robert Pattison et Uma Thurman, 2012.

SUR LEPETITLITTÉRAIRE.FR

- Commentaire de texte sur l'incipit de *Bel-Ami*
- Fiche de lecture sur *Boule de suif* de Guy de Maupassant
- Fiche de lecture sur *La Maison Tellier* de Guy de Maupassant
- Fiche de lecture sur *La Parure* de Guy de Maupassant
- Fiche de lecture sur *La Peur et autres contes fantastiques* de Guy de Maupassant
- Fiche de lecture sur *Le Horla* de Guy de Maupassant
- Fiche de lecture sur *Le Papa de Simon* de Guy de Maupassant
- Fiche de lecture sur *Les Contes de la bécasse* de Guy de Maupassant
- Fiche de lecture sur *Mademoiselle Perle et autres nouvelles* de Guy de Maupassant
- Fiche de lecture sur *Pierre et Jean* de Guy de Maupassant
- Fiche de lecture sur *Une vie* de Guy de Maupassant

www.lepetitlitteraire.fr/

ISBN version numérique : 978-2-8062-1750-9
ISBN version papier : 978-2-8062-1179-8
Dépôt légal : D/2013/12603/256

Avec la collaboration de René Henry pour les chapitres suivants : « La réussite sociale » et « Une satire de la presse ».

Conception numérique : Primento,
le partenaire numérique des éditeurs.

Ce titre a été réalisé avec le soutien de la Fédération Wallonie-Bruxelles, Service général des Lettres et du Livre.

Retrouvez notre offre complète sur lePetitLittéraire.fr

- des fiches de lectures
- des commentaires littéraires
- des questionnaires de lecture
- des résumés

ANOUILH
- Antigone

AUSTEN
- Orgueil et Préjugés

BALZAC
- Eugénie Grandet
- Le Père Goriot
- Illusions perdues

BARJAVEL
- La Nuit des temps

BEAUMARCHAIS
- Le Mariage de Figaro

BECKETT
- En attendant Godot

BRETON
- Nadja

CAMUS
- La Peste
- Les Justes
- L'Étranger

CARRÈRE
- Limonov

CÉLINE
- Voyage au bout de la nuit

CERVANTÈS
- Don Quichotte de la Manche

CHATEAUBRIAND
- Mémoires d'outre-tombe

CHODERLOS DE LACLOS
- Les Liaisons dangereuses

CHRÉTIEN DE TROYES
- Yvain ou le Chevalier au lion

CHRISTIE
- Dix Petits Nègres

CLAUDEL
- La Petite Fille de Monsieur Linh
- Le Rapport de Brodeck

COELHO
- L'Alchimiste

CONAN DOYLE
- Le Chien des Baskerville

DAI SIJIE
- Balzac et la Petite Tailleuse chinoise

DE GAULLE
- Mémoires de guerre III. Le Salut. 1944-1946

DE VIGAN
- No et moi

DICKER
- La Vérité sur l'affaire Harry Quebert

DIDEROT
- Supplément au Voyage de Bougainville

DUMAS
- Les Trois
  Mousquetaires

ÉNARD
- Parlez-leur
  de batailles,
  de rois et
  d'éléphants

FERRARI
- Le Sermon sur la
  chute de Rome

FLAUBERT
- Madame Bovary

FRANK
- Journal
  d'Anne Frank

FRED VARGAS
- Pars vite et
  reviens tard

GARY
- La Vie devant soi

GAUDÉ
- La Mort du
  roi Tsongor
- Le Soleil des
  Scorta

GAUTIER
- La Morte
  amoureuse
- Le Capitaine
  Fracasse

GAVALDA
- 35 kilos d'espoir

GIDE
- Les
  Faux-Monnayeurs

GIONO
- Le Grand
  Troupeau
- Le Hussard
  sur le toit

GIRAUDOUX
- La guerre de
  Troie
  n'aura pas lieu

GOLDING
- Sa Majesté des
  Mouches

GRIMBERT
- Un secret

HEMINGWAY
- Le Vieil Homme
  et la Mer

HESSEL
- Indignez-vous !

HOMÈRE
- L'Odyssée

HUGO
- Le Dernier Jour
  d'un condamné
- Les Misérables
- Notre-Dame
  de Paris

HUXLEY
- Le Meilleur
  des mondes

IONESCO
- Rhinocéros
- La Cantatrice
  chauve

JARY
- Ubu roi

JENNI
- L'Art français
  de la guerre

JOFFO
- Un sac de billes

KAFKA
- La Métamorphose

KEROUAC
- Sur la route

KESSEL
- Le Lion

LARSSON
- Millenium 1. Les
  hommes qui
  n'aimaient pas
  les femmes

LE CLÉZIO
- Mondo

LEVI
- Si c'est un
  homme

LEVY
- Et si c'était vrai...

MAALOUF
- Léon l'Africain

MALRAUX
• La Condition
  humaine

MARIVAUX
• La Double
  Inconstance
• Le Jeu de l'amour
  et du hasard

MARTINEZ
• Du domaine
  des murmures

MAUPASSANT
• Boule de suif
• Le Horla
• Une vie

MAURIAC
• Le Nœud
  de vipères

MAURIAC
• Le Sagouin

MÉRIMÉE
• Tamango
• Colomba

MERLE
• La mort est
  mon métier

MOLIÈRE
• Le Misanthrope
• L'Avare
• Le Bourgeois
  gentilhomme

MONTAIGNE
• Essais

MORPURGO
• Le Roi Arthur

MUSSET
• Lorenzaccio

MUSSO
• Que serais-je
  sans toi ?

NOTHOMB
• Stupeur et
  Tremblements

ORWELL
• La Ferme
  des animaux
• 1984

PAGNOL
• La Gloire de
  mon père

PANCOL
• Les Yeux jaunes
  des crocodiles

PASCAL
• Pensées

PENNAC
• Au bonheur
  des ogres

POE
• La Chute de la
  maison Usher

PROUST
• Du côté de
  chez Swann

QUENEAU
• Zazie dans
  le métro

QUIGNARD
• Tous les matins
  du monde

RABELAIS
• Gargantua

RACINE
• Andromaque
• Britannicus
• Phèdre

ROUSSEAU
• Confessions

ROSTAND
• Cyrano de
  Bergerac

ROWLING
• Harry Potter à
  l'école des sor-
  ciers

SAINT-EXUPÉRY
• Le Petit Prince
• Vol de nuit

SARTRE
• Huis clos
• La Nausée
• Les Mouches

SCHLINK
• Le Liseur

SCHMITT
- La Part de l'autre
- Oscar et la
  Dame rose

SEPULVEDA
- Le Vieux qui
  lisait des romans
  d'amour

SHAKESPEARE
- Roméo et Juliette

SIMENON
- Le Chien jaune

STEEMAN
- L'Assassin
  habite au 21

STEINBECK
- Des souris et
  des hommes

STENDHAL
- Le Rouge et
  le Noir

STEVENSON
- L'Île au trésor

SÜSKIND
- Le Parfum

TOLSTOÏ
- Anna Karénine

TOURNIER
- Vendredi ou
  la Vie sauvage

TOUSSAINT
- Fuir

UHLMAN
- L'Ami retrouvé

VERNE
- Le Tour
  du monde
  en 80 jours
- Vingt mille
  lieues sous
  les mers
- Voyage au
  centre de
  la terre

VIAN
- L'Écume des jours

VOLTAIRE
- Candide

WELLS
- La Guerre des
  mondes

YOURCENAR
- Mémoires
  d'Hadrien

ZOLA
- Au bonheur
  des dames
- L'Assommoir
- Germinal

ZWEIG
- Le Joueur
  d'échecs